AF198666

Schuld

C. Winterholler

Schuld

Novelle

FSC
www.fsc.org
MIX
Papier aus ver-
antwortungsvollen
Quellen
Paper from
responsible sources
FSC® C105338

Bibliografische Information der Deutschen
Nationalbibliothek:
Die Deutsche Nationalbibliothek verzeichnet diese
Publikation in der Deutschen Nationalbibliografie; detaillierte
bibliografische Daten sind im Internet über
http://dnb.dnb.de abrufbar.

© 2020 Christina Winterholler

Lektorat: Eva Maria Nielsen
Korrektorat: Eva Maria Nielsen
Foto: Masaaki Komori
Gestaltung: Edison Cardona

Herstellung und Verlag: BoD – Books on Demand,
Norderstedt

ISBN: 978-3-7519-2280-7

Wenn für die Sterblichen verstummt der laute Tag,
Die Dämmerung sich senkt auf allen Gassen
Und holder Schlaf, der Lohn für ihre Müh und Plag,
Den Müden naht, um sanft sie zu erfassen,
Dann türmen sich vor mir auf der langen Stunden Zahl,
Da ich dem Grübeln nicht vermag zu wehren,
Dann fühle ich die Schlangen der Gewissensqual
Am schmerzlichsten an meinem Herzen zehren.
Dann brodeln Träume, und den bangen Verstand
Bedrängen Dinge, die schon längst verklungen.
Memoria schlägt auf mit schonungsloser Hand
Die Rolle schrecklicher Erinnerungen.
Mein Leben lese ich mit Abscheu und voll Scham,
Vergieße bittre, heiße Reuetränen
Und fluche mir entsetzt in abgrundtiefem Gram …
Doch keine Schuld werd´ ich abwaschen können.

A. Puschkin

EINS

Sie hatte ihn tot geträumt. Sie wusste es, noch bevor sie ihre Augen öffnete. So, wie damals bei Diana. Trotz ihres schnellen Herzschlages hob und senkte sich das Laken aus leichtem Leinen regelmäßig. Ein kurzer Windstoß blähte die Vorhänge auf. Das Windspiel aus Treibholz und Glasperlen, das auf der Terrasse hing, klirrte leise. Es war noch keine sechs Uhr morgens und das Bett neben ihr war schon leer. Oder immer noch? Regungslos lag sie da, wartete. Horchte ins Halbdunkel hinein. Hörte, ob irgendwo im Haus ein Telefon klingelte. Aber es blieb still. Er würde anrufen. Es war nur eine Frage der Zeit. Er würde den Kontakt suchen. Lola spürte, wie der Druck in ihrem Kopf wuchs. Sie schob den Gedanken mit aller Macht von sich und zog sich das Laken über den Kopf.

Asunción de Maria. Mariä Himmelfahrt. Es war acht Uhr morgens, Urlaubsmonat. Das Thermometer zeigte 28 Grad. Bis 10 Uhr konnte die Klimaanlage noch verschnaufen, dann hieß es für sie: Auf Hochtouren fahren. Die Hunde kündigten Lolas Kommen an. Sie fuhr bis ans Tor und Josefa öffnete ihr. Sie mochte die Abendstunden lieber. Dann war mehr Ruhe. Und die, deren Gehen bevorstand, waren anders, Feingliedriger. Es war diese Zeit zwischen Wachen und Schlaf. In der Abenddämmerung hörte man das erleichterte Flüstern des Tages. Ein Murmeln und Seufzen. Verhaltenes Gelächter. Die Hektik fiel ab. Die Einsamkeit zog auf. Ängste traten aus den länger werdenden Schatten. Griffen nach Lola, griffen nach dem verzagten Herzen. Es waren die Momente die nach Verflossenem haschten. Nach alten Erzählungen aus einer Zeit vor der Zeit. Die Erde in Nachbars Garten. Ihre staubbedeckten Sandalen und Opas Geschichten.

Der glänzende Mond erinnerte daran, Frieden zu schließen. Wie schloss man Frieden mit sich selbst? Für die, die gingen, gab es keine Tageszeiten mehr. Sie betrat das Zimmer.

„Wie spät ist es?", flüsterte Antonia durch das Halbdunkel.

„Zehn nach acht."

„Das geht ja noch", hauchte die alte Frau und sie lachten leise.

„Soll ich das Fenster öffnen, Mamá?", fragte Josefa vom Türrahmen her.

Antonia schüttelte kaum merklich den Kopf. Lola blieb eine Stunde. Sie saß an Antonias Bett. Sie schwiegen gemeinsam. Lola hielt ihre Hand. Wenn der Mensch starb, war er nur noch er selbst.

Die Tür wurde aufgerissen, noch bevor sie den Schlüssel ins Schloss schieben konnte. Alejandro zog Lola ins Wohnzimmer und drückte sie an sich.

„Adivina, adivina!", rief er.

Sie sollte raten.

„Ein Traum ist in Erfüllung gegangen!"

Er lief in die Küche und sie zuckte zusammen, als er den Korken laut krachen ließ. Dann kam er zurück, drückte ihr das kalte Glas in die Hand. Sie lächelte, prostete ihm zu. Die Kohlensäure prickelte auf der Zunge. Sie wollte nicht nach New York. Sie wollte in Spanien bleiben. Sie musste schnell bei Damian sein, wenn es soweit war. Amerika war weit weg, viel zu weit. Auch wenn sie im Moment keinen Kontakt zu ihrem Bruder hatte. Sie war unfähig sich noch weiter von ihm zu entfernen. Obwohl sie 1.500 km trennten, kreisten ihre Gedanken unentwegt um ihn. „Abwesend", nannte Alejandro sie.

Damian. Es gab keinen Tag an dem sie nicht an ihn dachte, aber darüber sprach sie mit Alejandro nicht. „Die Vergangenheit muss man hinter sich lassen", sagte Alejandro. Wie sollte sie Damians melancholischen Blick, sein strahlendes Lachen, und sein Schattenboxen, mit dem er ihr immer auf die Nerven gegangen war, hinter sich lassen? Wie, sein glucksendes „Loo-lii!", wenn er sie umarmte? Nach Außen hin, Fremden gegenüber, wirkte er distanziert. Sie aber kannte seine Sensibilität, das Weiche, das Verletzte in ihm. Trotz ihrer Abwesenheit spürte sie, dass die Verbindung zu ihrem Bruder niemals abgerissen war. Auch nicht nach Diana und der Zeit die darauf folgte. Damian hatte Dianas Tod niemals richtig verarbeitet. Das wusste sie und sie konnte ihm deswegen keinen Vorwurf machen. *Erst Diana und dann ich. Du hast deine Schwestern verloren. Und ich meinen Bruder.* Sie war gegangen, er hatte das nicht gewollt. War sie zu weit gegangen? Er hatte sie gebeten zu bleiben. Irgendwo in der Nähe. Irgendeine Stadt, die man mit dem Auto in einer Stunde gut erreichen konnte. Hatte ihr gesagt, dass er sie liebe und dass er sie brauche. Sie war hart gewesen. Sie hatte ihn verlassen müssen, so wie es das Beste für ihn war. Sie hatte sich damals geschworen, ihn zu beschützen. Vor allem vor ihr selbst. An der eigenen Entscheidung zu zweifeln hatte sie sich niemals erlaubt, wollte es sich nicht erlauben. Es gab keine Alternative. Die Trennung hatte ihr das Herz gebrochen. Seither war sie nicht mehr sie selbst. Seit dem sie ihn verlassen hatte, gab es keine gewöhnlichen Tage, keine Alltag-Tage für sie. Keine Stunden, die gleichförmig vor sich hin plätscherten. Kein Tag, an dem so etwas wie Routine oder Gewohnheit aufkam. Jeden Morgen war es, wie mit verbrannter Haut aufzuwachen, erstarrt da zu liegen und zu hoffen, dass das vom Leben Aufgeraute durch die Bewegungslosigkeit irgendwann vorbei ging. Aber es blieb. Tief durchatmen und versuchen zu spüren, dass sie da war. An sechs von sieben Tagen war sie es nicht. Ihr Körper war anwesend, aber es war niemand zu Hause. Manchmal musste sie sich zusammen reißen um nicht einfach vor ein Auto zu laufen, damit sie endlich Ruhe hatte. Ruhe vor sich selbst. Von all dem wusste Alejandro nichts. Zumindest glaubte sie das. Nichts von dem Ausmaß und der Tiefe, ach, rein gar nichts ahnte er von ihren Untiefen.

Was heißt es, zu lieben? Richtig zu lieben? Sich dem anderen hinzugeben? Hingabe und Vertrauen. Vertraute sie Alejandro? Damian hatte ihr vertraut. Hatte sie sein Vertrauen gebrochen? Vergebung. *Wirkliche Liebe heißt, zu vergeben.* Immer wieder auf's Neue. Theoretisch. Sie sehnte sich nach Damian. Sie wünschte sich, in seiner Nähe sein zu können, mit ihm zu lachen und zu weinen, an seinem Leben teilzuhaben. Ihn spontan zu besuchen. Ihm von ihr zu erzählen, von all den Banalitäten des Alltags, die sie bei sich selbst nicht fand. Sich Belanglosigkeiten anzuhören, herum zu albern. Wie gerne würde sie sich von ihm aufziehen lassen und ein Bier mit ihm trinken, während sie um drei Uhr morgens auf dem Sofa lagen und sich ein Spiel der Lakers gegen die Portland Trail Blazers ansahen.

Schmerzlich schreckte sie aus ihrem Tagtraum auf. Damian zu lieben bedeutete, ihn nie wieder zu sehen. Offenbar hatte Alejandro ihre Gedanken gelesen. Seine Augen verengten sich. Er sah sie prüfend an. Sein Schweigen staute sich und sie senkte ihren Blick unter dieser Last. „Beschäftigst du dich immer noch damit?" Jetzt lachte er nicht mehr. Er trank den Moët & Chandon in einem Zug aus und stellte das Glas mit einem Klirren auf den Tisch. Er verschränkte die Hände hinter seinem Kopf. Ausdruckslos starrte er sie sekundenlang an. Sie gab keine Antwort. Dann ging er und knallte die Tür hinter sich zu.

Sie fühlte sich beschissen. „Daneben", nannte es Alejandro. Irgendwie war sie schon immer so gewesen, zumindest konnte sie sich nicht mehr erinnern sich anders gefühlt zu haben. Obwohl sie ahnte, dass es eine Zeit gegeben haben musste, in der es anders gewesen war. Aber das war schon sehr lange her. Alejandro. Sie hatte ein schlechtes Gewissen seinetwegen. Sie hätte ihm gegenüber mehr Begeisterung zeigen können.

Aber ihr Gesicht war wie ein offenes Buch, in dem jeder ihren momentanen Gefühlszustand ablesen konnte. Jedes Mal, wenn sie vor dem Spiegel Ausdruckslosigkeit übte, kam sie sich lächerlich vor. Er hatte also deutlich gesehen, dass es ihr widerstrebte, ihn nach New York zu begleiten. Für ihn war es das ultimative Jobangebot, von dem er schon lange träumte und wofür er hart arbeitete. Er plante, Karriere zu machen, wollte weg von dieser trägen Insel im Mittelmeer. *Douglas Elliman Real Estate* in Downtown Manhattan gab ihm diese Chance. Obwohl sie noch nicht darüber gesprochen hatten - ja, warum eigentlich nicht? - spürte sie, dass er von ihr erwartete, dass sie ihn dorthin begleitete. Seine Erwartungen ließen sie innerlich noch mehr erstarren, als sie es ohnehin schon war. So wie damals, als sie jünger gewesen war, ein Kind noch. Damals, als aus Dianas Zimmer ein Gästezimmer werden sollte, drückte Papa ihr eine Spachtel in die Hand. Sie riss die Tapete von den Wänden, während Mamá alle Sachen in Kisten packte. Papa strich alles neu, ganz in Weiß und rollte dabei die Schultern, so als wolle er versuchen eine schwere Last abzuwerfen.

Papa, Mamá und sie schwiegen, nur Damian weinte.

DREI

Tagtraum. *Culpa. Stille macht Angst. Nachtsüber allein im Bett ist es immer still. Mamá ist gefangen, genauso gefangen wie sie selbst. In dieser engen Welt. Bis dass der Tod euch scheidet. Mamá ist ein guter Mensch, aber zu schwach. So schwach wie Eva. Eva hatte sich schuldig gemacht. Aber Eva war neugierig gewesen.*

„Lola", flüsterte Antonia. „Ich stehe zwar schon mit einem Bein im Grab aber du kannst mich nicht für dumm verkaufen." Sie machte eine Pause. Das Sprechen fiel ihr schwer.

„Warum sitzt du bei mir, beinahe täglich? Du solltest dort sein, wo das Leben tobt."

„Ich bin dir zugeteilt worden, vom Freiwilligendienst des Krankenhauses."

„Ach, papperlapapp!"

Lola schwieg.

„Du schuldest mir nichts."

Sie spürte, wie dieses Gefühl wieder Besitz von ihr ergriff.

„Was drückt dich nieder, mein Kind?"

Es nahm ihr den Atem.

„Bitte, Antonia, ruh´ dich aus", stammelte sie.

„Was ist das für ein Stachel, mit dem du kämpfst? Was ..."

Antonia wurde von einem plötzlichen Hustenanfall gequält. Irgendetwas in Lola erschrak, als sie sah wie kraftlos der Körper der alten Frau war. Wie er immer weiter in sich zusammen sank, während er von einem trockenen

Husten geschüttelt wurde. Plötzlich fühlte Lola, als würde eine unsichtbare Schnur in ihrem Inneren reißen. Sie betrachtete die Frau die vor ihr lag, als wäre diese Teil einer Szene im Theater oder in einem Film. Sie selbst war nur Zuschauerin, völlig unbeteiligt. Von jetzt auf gleich gab es nichts mehr, was sie verband. Wie war das möglich? Keine Gefühle, keine Erinnerungen, die Zeit stand still, alles in ihr war wie tot. Antonia streckte den Finger nach dem Wasserglas und mechanisch gab Lola ihr zu trinken. Obwohl sie sich darum bemühte, vorsichtig zu sein und das Glas nur halb füllte, verschüttete sie dessen Inhalt über das Bett.

„Es tut mir leid, Antonia. Perdona."

Ihre Stimme war die einer Fremden. Die alte Dame winkte müde ab und schloss die Augen. Der Husten war abgeklungen. Vorsichtig berührte sie Lola am Arm.

„Bitte, ruf Josefa."

Lola nickte und verließ das Krankenzimmer. Langsam kam sie zu sich selbst zurück. War es die

Berührung der alten Frau? War es die frische Luft außerhalb des stickigen Raumes? Obwohl sie sich noch immer wie benommen fühlte, spürte sie jetzt die körperliche Anspannung. Ihr Blickfeld war verengt und sie zitterte. Sie fixierte ihre Armbanduhr. Ihre Ohren rauschten vor Erschöpfung. Sie musste hier weg.

Als sie aufwachte, war er nicht mehr da. Auf dem Nachttisch lag ein Blatt Papier mit einer Nachricht: *Bin bald zurück. Nimm dir für heute Abend nichts vor. Ich liebe dich!* Seine feste Handschrift. Ein Mann weniger Worte mit einem straff organisierten Zeitplan. Hatte sie sich nicht auch deshalb in ihn verliebt? Er war kein Tagträumer, so wie sie. Er krempelte die Ärmel hoch und packte an. Ein Mann der Tat. Wie ihr Vater. Sie hatte Alejandro verschlafen. Wieder mal. Sie stand auf und machte sich Kaffee. *Ich liebe dich!* Lieben. Wie konnte er das sagen? Wie konnte das überhaupt irgendjemand zu ihr sagen? Sie war eine, die Atemnot bekam, wenn sie sich zu lange im Spiegel beobachtete. Sie fürchtete sich vor dem, was da zurück starrte. Das Klingeln des Mobiltelefons riss sie aus ihrer Trance. Es war Alejandro.

„Lola!"

„Hey, was gibt's?"

„Ich wollte deine Stimme hören."

„Ach ja?", sie schmunzelte. „Und wie ist sie so, meine Stimme?"

Sie hörte ihn am anderen Ende lächeln.

„Da steckt etwas Unbekanntes drin. Zwischen dem vertrauensvollen Klang kommt manchmal etwas durch."

„Was meinst du?"

„Ich weiß es selbst noch nicht. Aber ich werde es herausfinden, versprochen."

Er lachte.

Ihr wurde schwindelig.

„Ich habe keine Ahnung wovon du sprichst."

„Ich, ehrlich gesagt, auch nicht."

„Du verwirrst mich ..."

„Vergiss es einfach, ja? Ich werde dich um 19 Uhr abholen", fiel er ihr ins Wort.

„Okay."

„Genieß den Tag, cariño."

Ein leises Klicken in der Leitung verriet ihr, dass das Gespräch beendet war. Sie sah auf die Uhr. Bis zum Beginn ihres Unterrichts waren es noch zwei Stunden.

VIER

Tagtraum.

„Weißt du noch, wie ich, als ich klein war, Bert das Fliegen beibringen wollte?"

Damians Augen wandern über das Aquarium. Der Beutel mit der Infusion tröpfelt leise, sonst ist es still im Zimmer. Ich will laut schreien. Aber ich wage kaum zu atmen. Ich weine. Zwischen so viel Stille passen keine Worte. Auch keine Zeit. Ich drücke den eisernen Bettrahmen fest. Ich drücke so fest, dass meine Finger weiß werden. Zu Hause hockt Mamá mit einem Stapel loser Blätter, die sich über den Boden verteilen, und schreit. Zu Hause ist Papa mit starrem Blick. Er tut mir leid. Er steht vor Mamá und rührt sich nicht. So stumm. Damian ist weg. Mamá schreit. Papa ist still. Ich verstecke mich in meinem Zimmer. Ich will, dass Damian zurückkommt. Er soll Wasserschlacht machen. Er soll auf dem Bett Trampolin springen. Ich halte meine Ohren zu. Gedämpft sind die Stimmen. Ich höre ein Rauschen. Ich möchte nichts sehen. Damians Lippen waren schneeweiß. Dieses Bild werde ich nicht los.

„Ich möchte mich für mein Verhalten dir gegenüber entschuldigen, Lola."

Alejandro nahm ihre Hand.

„Ich hätte dich gestern nicht so stehen lassen dürfen. Es tut mir leid."

Er sah ihr in die Augen.

„Ich habe nicht so reagiert, wie du es dir gewünscht hast."

Der Kellner brachte die Vorspeise.

„Hör mal, Lola. Es geht doch nicht nur darum, was ich mir wünsche. Ich glaube, wir haben das Ganze nicht wirklich geschickt angepackt."

„Wir? Es ist *dein* Vorhaben."

Sie schwiegen.

„Das Angebot kommt auch für mich unerwartet. Ich hätte mit so was frühestens in zwei, drei Jahren gerechnet."

„Wann soll es denn losgehen?"

„In drei Monaten, im November."

„Hast du zugesagt? Ich meine, hast du den Vertrag schon unterschrieben?"

„Noch nicht."

Er fuhr ihren Handrücken mit dem Finger entlang.

„Lola, mein Plan ist es, mit dir zusammen in die Staaten zu gehen. Du bist die Frau, mit der ich mein Leben verbringen möchte. Heiraten, Kinder und all den spießigen Quatsch, weißt du noch? Ich möchte, dass du an meiner Seite glücklich bist. Dir soll es an nichts fehlen."

„Wie stellst du dir das vor?"

„Sobald ich den Vertrag unterschreibe, hilft uns *Douglas Elliman* bei der Suche eines Appartements in Manhattan. Das ist vertraglich vereinbart. Wir gehen gemeinsam, oder ich fliege zuerst und du kommst nach, da möchte ich dir den Freiraum lassen zu entscheiden. Schließlich sind da noch deine Eltern, dein Bruder. Du wirst sicher mit ihnen reden, und dich verabschieden wollen?"

Seine Worte versetzten ihr einen Stich. Er war nur wenige Zentimeter von ihrem Gesicht entfernt. Sie sah ihm direkt in die Augen. Sie waren von einem tiefen, intensiven Blau. Er hatte seine Stirn in leichte Falten gelegt. Ein Netz aus beinahe unmerklichen Schweißperlen bildete sich an seinem Haaransatz. Dort, wo sich die Geheimratsecken andeuteten. Die feinen Linien am äußeren Winkel seiner Augen zogen sich wie Sonnenstrahlen in verschiedene Richtungen. Sein hellbrauner Vollbart war symmetrisch geschnitten, um die gebogenen Lippen getrimmt. Sie schloss die Augen und atmete ein. Er roch nach frisch geduschter Haut. Nach Unbekümmertheit. So hatte sie ihn an der Uni kennen gelernt. Zuerst ihn und dann den Rest seines Freundeskreises. Lola hatte von Anfang an begriffen, dass das Meer, der salzige Schaum und der Sand diese Leichtigkeit in ihm lebendig hielten. Und jetzt ging er nach Manhattan. Was wollte er dort? Hatten sie nicht alles, was sie brauchten? Die langen Abende am Strand, ein paar Bier und Snacks, die Gitarre und der Matetee, ein Joint und das heisere Geschrei der Möwen. Obwohl sie sich nie so wie Alejandro in dieses einfache Da-Sein hinein entspannen konnte, hatte sie immer diese Zwangslosigkeit gespürt, die ihn und den Rest seiner Gruppe umgab. Irgendwann beendeten die ersten ihr Studium und die Abende mit schwimmen und surfen am Strand wurden unregelmäßiger. Als dann die meisten Eltern wurden, fielen die Treffen völlig auseinander. Untereinander hatte die Truppe, so weit sie wusste, immer noch, wenn auch sporadischen, Kontakt.

„Du solltest deine Familie anrufen, Lola. Deine Mutter will dich sehen."

Seine Worte holten sie wieder an den Tisch zurück.

„Woher willst du das wissen?"

„Ich … sie schreibt mir manchmal."

„Tut sie das, ja?"

„Der Kontaktabbruch belastet sie sehr."

Lola legte das Besteck auf den Tisch. Der Knoten in ihrem Magen wurde größer.

„Hey, hey, bitte, ich mache dir deshalb keinerlei Vorhaltungen. Es ist deine Entscheidung, auch wenn ich sie nicht nachvollziehen kann."

Er hob beschwichtigend die Hände.

Sie verschränkte ihre Arme vor der Brust.

„Lolita."

Seine Stimme nahm einen zarten Klang an. „Meinst du, ich sehe deine innere Zerrissenheit nicht? Deinen Kampf mit dir selbst? Tag für Tag. Mir tut es leid um dich, um uns. Mir tut es weh, dich so geknickt zu sehen. Ich weiß, dass das, was damals geschehen ist, schrecklich gewesen sein muss. Aber irgendwann solltest du anfangen dein eigenes Leben zu leben. Ich würde dir gern dabei helfen, nur weiß ich nicht, wie ich es anstellen soll."

„Du hast recht, Alejandro. Du kannst nicht helfen, weil es da nichts zu helfen gibt."

Er schaute sie ungläubig an.

„Hör auf, mir etwas vorzumachen! Und vor allem: Hör auf, dich selbst zu belügen, Lola. Warum bist du so verschlossen mir gegenüber?"

„Was ist mit meiner Aufenthaltserlaubnis?"

„Ich dachte, wir könnten alles miteinander teilen?"

„Wo ist sie?"

„Warum lenkst du, verdammt noch mal, vom Thema ab?"

„Und hast du auch schon meine Arbeitserlaubnis vertraglich vereinbart?"

„Ich … " Er schluckte und holte tief Luft.

„Siehst du, Alejandro. So sieht es aus. Du denkst vor allem nur an dich! Du arbeitest von morgens früh bis abends spät und trainierst für irgendwelche Wettkämpfe. Das ist dein Leben. Du willst auf der Karriereleiter ganz nach oben klettern. Und ich soll die Siegertorte dekorieren."

„Ich erkenne dich nicht, Lola. Du wirst mir fremd." Er biss sich auf die Unterlippe. „Recht hast du. Ich arbeite tagein, tagaus, Jahr um Jahr. Ich überarbeite mich, schieße dann und wann über meine Ziele hinaus und mache Fehler."

Seine Stimme zitterte leicht. Er holte ein kleines Kästchen aus seiner Hosentasche und stellte es vor sie auf den Tisch.

„Aber wenigstens *lebe* ich, Dolores."

„Dein Gesicht ist verquollen, mi hija." Antonias Atem ging rasselnd.

Die junge Frau nickte.

Sie schwiegen.

Dolores´ Gedanken schweiften zum gestrigen Abend. Sie hatte das Kästchen lange angestarrt, aber sich nicht getraut es anzurühren. Nur immerzu gestarrt. Ohne einen klaren Gedanken fassen zu können. Sie verlor jegliches Zeitgefühl, deshalb wusste sie nicht, wie lange sie so dasaßen. Irgendwann brachte der Kellner die Rechnung und verzog sich schnell. Alejandro sah ihr in die Augen, so als suche er etwas in ihnen. Selbst durch die halb geschlossenen Lider las sie den Schmerz in seinem Blick. Es berührte sie auf eigentümliche Weise überhaupt nicht. Nach einer Weile steckte er die schwarze Box ein und sie liefen wortlos zum Auto. Still fuhren sie nach Hause, schweigend schlossen sie die Haustür auf und legten sich ohne zu sprechen in das gemeinsame Bett.

„Wo sind deine Eltern?", unterbrach Antonia ihre Erinnerungen.

„In Deutschland."

„Leben sie dort?"

Dolores nickte.

„Hast du Geschwister?"

„Einen Bruder und eine Schwester."

„Was machen sie?"

„Diana ist tot."

Sie stockte. Antonia rührte sich nicht.

„Damian wird bald sterben", sagte sie trocken.

Antonia drehte langsam den Kopf in ihre Richtung.

„Wie sterben sie?"

„Ich bringe sie um."

Tagtraum. *Im Herbst ist es nass und stürmisch. Ich vergesse, die Tür richtig zu schließen. Der Wind drückt sie auf. Er fegt das Laub ins Haus. Bald ist Damians Geburtstag. Mein Hals ist wie zugezogen. Die Küche liegt dunkel und verlassen da. Ich schaue hinter jede Tür. In jeden Winkel. Wie schwer Damian geatmet hat, und erst seine Augen. Glasig. Schröpfen* ist eine bewährte Methode, sagt Mamá. Sie hilft dieses Mal nicht. Seine Fieberträume. Dorthin habe ich keinen Zutritt.

Es regnet. Die rote Ampel quält mich. Es dauert lange, bis es grün wird. Ich hänge an der Fensterscheibe und reiße ungeduldig an der Fingernagelhaut, so als hinge sein Leben von diesem Signal ab. Verschwommen schimmert die Stadt in der Dunkelheit. Meine Sinne sind geschärft. Ich höre alles. Höre, wie Papa und Mamá leise miteinander streiten. Höre, wie das Wasser durch die Gummirillen spritzt, als Papa anfährt. „Santo diós!", schluchzt Mamá. Wenn der Mensch nicht weiter weiß, bringt er Gott ins Spiel.

Im Krankenhaus. Der Aufzug quietscht. Er ist grau verkleidet. Es riecht nach nassen Menschen und Kopfhaut. Es riecht nach Angst. Der Mensch reduziert auf sein Menschsein, zwischen hoffnungsvollem Zittern und Ohnmacht. Zwischen Arroganz und Verzweiflung. Dazwischen steht Jesus von Nazareth. Der Aufzug kommt zum Stehen. Ich bin verunsichert und schäme mich dafür.

FÜNF

„Du hast also deine Schwester verloren, Dolores?"

„Offiziell war es ein Unglück."

„Was ist geschehen?"

„Es war in den Sommerferien, ein Samstag. Wir fuhren ins Freibad. Mein Vater bereitete die Messe für den folgenden Tag vor und meine Mutter half ihm dabei. Ich glaube, sie waren froh, uns für eine Weile aus dem Haus zu haben. Diana, Damian und ich fuhren bei Elena und Valerie, meine besten Freundinnen damals, und ihren Müttern im Auto mit. Das Waldbad war übervoll. Es schien, als hätten sich alle, die nicht im Urlaub waren, dort versammelt. Das ganze Dorf war da. Im Wasser machte Diana sich einen Spaß daraus, mein Bikinihöschen herunter zuziehen. Die Jungs aus der Parallelklasse fanden das zum Schießen und das stachelte meine Schwester an. Das war mir aber zu blöd, nach einer Weile zog ich mich am Beckenrand hoch. Elena, Valerie und ich verzogen uns. Wir wollten uns eine Currywurst von der Imbissbude holen, die sich auf der anderen Seite des Beckens befand.

„Und da hast du Diana aus den Augen verloren?"

Dolores schüttelte den Kopf.

„Nein. Genau da fing Diana zu kreischen an: *Du lässt mich allein! Du lässt mich und Damian allein! Das erzähle ich Papa!* Sie rannte mir hinterher und fing schon wieder an, an meinen Badesachen zu zerren. *Du bist wie eine Zecke!,* rief ich und stieß sie mit aller Kraft zurück ins Becken. *Und eine blöde Petze dazu!*"

„Danach hast du sie nicht mehr lebend gesehen."

Dolores schüttelte den Kopf und zog langsam ein Stück Papier aus ihrer Handtasche.

„Was ist das?", fragte Antonia.

„Ein Zeitungsausschnitt."

„Lies vor."

„Kasseler Anzeiger. *Der 23. Juni 2000. In die Köpfe einer Familie aus dem nordhessischen Landkreis Schauenburg hat sich dieses Datum eingebrannt wie kein zweites. Es ist der Tag, an dem das Schicksal zuschlägt - und der der achtjährigen Tochter der Pastorenfamilie Hofmann das Leben kostet. Im übervollen Nichtschwimmerbecken des Waldbads „Habichtswald" geht das Mädchen unter, wird erst Minuten später von einigen Frauen aus dem Wasser gezogen und reanimiert. Zu spät, wie sich nach endlosen Wiederbelebungsversuchen zeigt. Das Mädchen ist tot. „Unser Schmerz ist ungeheuer", finden die Großeltern des Mädchens die Worte. Pastor Hofmann und seine Ehefrau wollten sich gegenüber der Presse nicht äußern. Wer Schuld hat an diesem Drama, blieb bislang ungeklärt. Die Freundin der Mutter, die versäumt hatte, die Nichtschwimmerin zu beaufsichtigen? Die Stadt Schauenburg, die als Betreiberin des Waldbads auch für die Schwimmmeister zuständig ist? Kann im juristischen Sinne überhaupt jemand verantwortlich gemacht werden für das Schicksal das die Familie seither zu tragen hat?"*

Antonia schloss die Augen und lag da, ohne sich zu rühren. Dolores erschrak. Hatte sie die alte Frau überanstrengt?

„Das ist also die offizielle Version?", fragte diese mit leiser, aber klarer Stimme.

Dolores fuhr zusammen.

„Ja."

„Und wie war es wirklich?"

„Mit der Polizei, der Feuerwehr und dem Rettungsdienst tauchte eine Psychologin auf. Sie sprach mit Damian und mir. Damian verstand irgendwie nicht recht, was geschehen war, trotzdem weinte er hysterisch und wollte sich nicht beruhigen lassen. Er spürte, dass etwas Schreckliches passiert sein musste. Ich hielt ihn die ganze Zeit fest umarmt, drückte ihn an mich und ließ ihn nicht los. Er klammerte sich wie ein Äffchen an meinen Körper und wiederholte ständig: *Diana, Diana*. An diesem Tag haben wir uns wie zwei Äste ineinander verflochten. Damian und ich sind miteinander verwachsen, verschmolzen. Die Psychologin erklärte mir, dass ich keine Schuld an diesem Unglück hätte. Das Kinder spielen und dass es ein tragischer Unfall war."

„Aber du hast ihr nicht geglaubt."

Dolores wischte sich über die Stirn.

„Nein." Sie schüttelte sie den Kopf. „Ich wusste es besser, denn in der Nacht vor Dianas Ertrinken hatte ich einen Traum. Ich habe meine kleine Schwester umgebracht. Mein Vater, der wusste es auch. Ich weiß nicht woher, aber seine Augen verrieten es mir."

„Der Traum ..."

„In der Nacht vor ihrem Tod träumte ich von der Kirche meines Vaters. Es war dunkel und ich hörte den Klang der Orgel aus dem Gotteshaus dringen. Auf einmal sah ich meine Großmutter. Die Mutter meiner Mutter. Zu diesem Zeitpunkt war sie schon lange verstorben. Ich habe sie niemals kennen-gelernt und doch wusste ich im Traum sofort wer sie war. Meine Großmutter ging in die Kirche und kam nach einer Weile heraus.

Auf dem Arm trug sie Diana. Beide verschwanden in der Dunkelheit."

„Hast du jemals jemandem von diesem Traum erzählt?"

Dolores schüttelte den Kopf.

Antonias Brustkorb hob und senkte sich unter ihrem geräuschvollen Atmen.

„Wir wählten einen Sarg aus. Mamá war es wichtig, dass die Kissen schön weich und kuschelig waren. Sie hat Dianas Lieblings-Plüschtier rausgesucht. Das, was bei ihr bleiben sollte. Ich erinnere mich an meine Schwester, die so friedlich da lag. Wie schlafend. Ich sehe meinen Vater vor mir, der immer und immer wieder von Weinkrämpfen geschüttelt wurde. Auf der Totenmesse sagte er: *Ein jeder kann nun in sich gehen und selbst ergründen, wie es denn um seine eigene Schuld bestellt ist. Auch und vor allem jener Schuld, die noch geheim ist, von der noch niemand außer ihm oder ihr selbst weiß.* Seine Augen durchbohrten mich wie das glühende Schwert des Racheengels. In dem Moment hörte ich auf zu existieren. Ich löste mich auf. Auf dem Heimweg von der Beerdigung machte meine Mutter ihm Vorwürfe wegen seiner Ansprache. Da verlor er vollkommen die Beherrschung: *Der Grundsatz nach dem ich entscheide ist: Die Schuld ist immer Zweifel los!,* schrie er und fuhr eine Mülltonne um, dabei stand ihm Speichel vor dem Mund.

„Seitdem verbietest du dir das Weinen."

Dolores schluckte hart.

„Der Schmerz ist das, was dich lebendig hält."

Sie räusperte sich.

„Nach Dianas Tod hatte ich jahrelang immer wieder denselben Traum."

„Ein Albtraum."

Dolores nickte.

„In diesem Traum bin ich gefangen. In einem tiefen, dunklen, modrigen Verlies. Ich spiele Cello. Auf einmal höre ich lautes Lachen von draußen herein dringen und ich sehe durch das Eisengitter Diana. Sie läuft mit meinen Eltern und Damian an meinem Gefängnis vorbei. Ich schreie aus vollem Hals, um sie auf mich aufmerksam zu machen, aber sie hören mich nicht. Nur Diana dreht sich um. Sie lächelt und streckt die Zunge heraus. Mich packt eine ungeheuerliche Wut und ich schleudere den Cellobogen nach ihr. Dieser fliegt wie ein Pfeil durch die Luft und bohrt sich zwischen Dianas Augen. Ich höre mich selbst lachen, aber ich erkenne meine eigene Stimme nicht. So grässlich und hasserfüllt klingt sie. Ich drehe mich um und stehe vor einem Spiegel. Ich erschrecke vor dem hässlichen Ungeheuer, das mir da entgegen blickt. *Behemoth*, flüstern die Wände des Kerkers.

„Was ist aus dem Cello geworden?"

„Ich habe es verbrannt."

Noch bevor Antonia etwas erwidern konnte, klopfte es an der Tür. Josefa trat ins Zimmer.

„Mamá, es ist Zeit zu essen."

„Nicht jetzt", murmelte die Angesprochene unwillig.

Josefa sah Dolores halb fragend, halb vorwurfsvoll an. Dolores sprang vom Stuhl auf und legte beschwichtigend ihre Hand auf Antonias.

„Ich komme morgen wieder."

Tagtraum.

Kinderonkologie. Es riecht hier wie auf jeder anderen Station. Nach frisch bezogenen Betten und nach Desinfektionsmitteln.

Schwester Susi sagt:

„Dein Bruder liegt in Zimmer zwei."

Ein Pfleger sagt:

„Dein Bruder freut sich, dich zu sehen."

Ich sage:

„Ich habe Angst", aber so, dass es keiner hört. Kinderonkologie. Es ist hier wie auf keiner anderen Station.

Er schläft und rührt sich nicht. Nur wenn seine Augenlieder zucken, weiß ich, dass er träumt. Blut spenden. Natürlich will ich mein Blut spenden, Meine Blutgruppe ist Null positiv. Mein Blut wird nicht gebraucht. Es sind genügend Blutreserven vorhanden. Wo kann ich Knochenmark spenden? Knochenmark wird im Augenblick nicht benötigt. Wo kann ich Buße tun? Kleiner Bruder, ich würde mein Leben gegen deins tauschen. Damian lehnt dankend ab: „Muss nicht sein."

SECHS

„Vierte bis sechste Woche."

Ihr wurde kotzübel.

„Herzlichen Glückwunsch, Dolores."

Das konnte sie Damian nicht antun! Einen Samen einzupflanzen und darauf zu hoffen, dass er durch Träume wuchs. Wenn einer kam, würde ein anderer für ihn gehen. Die Illusion, dass es nicht so sein musste, war verlockend, aber von geringem Mehrwert. Für sie galten andere Gesetze. Die Schuld war immer zweifellos. Sie würde sie auf sich nehmen müssen, erneut. Es machte keinen Unterschied.

„Ich will nicht schwanger sein."

„Warum sind Sie es dann?"

„Ich weiß es nicht."

„Hören Sie zu, Dolores. Gehen Sie heim und reden Sie mit Ihrem Freund. Schlafen Sie eine Nacht darüber."

„Ich möchte es nicht."

„Diese Entscheidung sollten Sie mit Ihrem Partner besprechen. Was glauben Sie, wie er reagieren wird, wenn er erfährt, dass Sie das gemeinsame Kind umbringen lassen wollen?"

„Bitte, an wen kann ich mich wenden?"

„Es gibt Frauen, die sich nichts sehnlicher wünschen als ein Kind zu bekommen. Und Sie treten dieses Glück mit Füßen, sehen Sie das denn nicht?"

„An wen?"

„Wir machen keine Abbrüche."

Tagtraum. *Das Licht ist so grell, dass die Augen schmerzen. Die Töne der Maschine sind gefräßig. Hoch und immer höher winden sie sich, bis der Stecker gezogen wird. Am Boden zappelt das Kabel kurz, als*

wäre es eine Schlange und bleibt wie tot liegen. Dort,
am runden Kragen seines Schlafanzuges wo sich eben
ein bisschen Wärme angestaut hatte ist jetzt nur Kälte
übrig. Das Leben ist seinem inneren Wesen nach ein
ständiger Schiffbruch. Damian und ich sind die
Ertrinkenden. Mit der Nadel im Rücken wird das
Nervenwasser abgepumpt.

„Mir fehlt deine Wärme, Dolores. Mir fehlt dein
Duft, deine Stimme, dein Ärger auf mich."

Das Geräusch, mit dem Alejandro den
Milchkaffee über den Tisch schob, klang vertraut
und gleichzeitig völlig fremd. Sie hatten kaum ein
Wort miteinander gewechselt. Alejandro machte
schließlich den Anfang.

„Ich möchte dich Tag und Nacht, nicht nur ab und
zu, sondern für immer."

Langsam rührte sie den Zucker in der Tasse
herum.

„Hörst du, Dolores? Das war ein Schrei."

„Ich höre ihn."

„Wirklich?"

Sie blickte an ihm vorbei durch das Küchenfenster. Sie mutete ihm viel zu. Ein Wunder, dass er überhaupt noch einen Anlauf unternahm.

„Lass uns noch mal anfangen."

„Wir machen so viele Fehler."

„Dann lass uns aus unseren Fehlern lernen."

„Aber es gibt so viele, die wir noch nicht gemacht haben."

„Wenn du nur aufhören würdest, vor mir und unserer Beziehung davon zu laufen."

„Du bist doch derjenige, der die meiste Zeit außer Haus ist."

„Und wo bist du, wenn ich nicht da bin? Bei deinen Sterbenden?"

Diese Antwort blieb sie ihm schuldig. Er wusste es ohnehin.

„Das tut dir nicht gut."

Sie schwieg.

„Das macht deine Schwester auch nicht wieder lebendig."

„Was weißt du schon über meine Schwester?"

„Warum siehst du deinen Bruder nie? Warum könnt ihr nicht wie normale Geschwister, wie eine normale Familie miteinander umgehen?"

„Lass Damian aus dem Spiel."

„Spiel? Ich weiß wirklich nicht, was hier gespielt wird, Dolores."

Er sah sie lange und forschend an. Wenn er einen Funken Selbstliebe hatte, würde er jetzt gehen. Es wäre das Beste so. Für ihn war ihre Beziehung, war sie, eine Sackgasse.

„Ich bin des Rätselratens müde, Dolores."

Über den Tisch lief eine Fliege. Hin und wieder hielt sie inne, rieb ihre Flügel und Beine aneinander und saugte ihren Rüssel auf der Tischplatte fest. Trippelte weiter, blieb stehen, saugte. Dolores verfolgte ihren Zickzackkurs, beobachtete, wie sich das Insekt brummend in die Luft erhob, unsicher hin und her schwankte, bis es an Höhe gewann, und dann mit voller Wucht gegen die Scheibe schlug. Es fiel auf die Fensterbank. Benommen vom Aufprall, drehte es sich auf dem Rücken immer und immer wieder um die eigene Achse. Alejandro lehnte sich auf seinem Stuhl zurück und verschränkte die Arme vor der Brust.

„Entscheide dich. Für oder gegen uns. Ich gebe dir eine Woche. Dann will ich es wissen."

Tagtraum.

> *Papa sagt:*

> *„Die Sünden der Väter bis ins dritte und vierte Glied."*

> *Tante Marie sagt:*

> *„Sagt Bescheid, wenn ihr was braucht."*

> *Die Nachbarin sagt:*

> *„Stammzellenspendenaktion."*

Der Chefarzt sagt:

„Induktionstherapie."

Damian sagt:

„Ich habe Schiss."

„Mit Dianas Tod war es nicht vorbei, oder?"

Dolores schüttelte stumm den Kopf und stellte das Wasserglas auf dem Nachttischchen ab.

„Ungefähr drei Jahre nach Dianas Tod hatte ich einen Traum. In den Wochen davor wurde Damian von heftigem Fieber und Schwächeanfällen geplagt. Innerhalb kürzester Zeit war aus ihm ein kleiner trauriger Junge geworden, der matt in seinem Zimmer hockte und nichts erinnerte mehr an einen strahlenden Achtjährigen. Eines Nachts sah ich Diana. Sie suchte nach irgendetwas. Als ich mich ihr nähern wollte und sie rief, erwachte ich aus meinem Traum."

„Was ist aus deinem Bruder geworden?"

„Das, was mit ihm war, sind Fragmente. Bilder, die mich überkommen. Wie aus dem Nichts. Und gleichzeitig scheinen sie wie eingebrannt."

„Kommen sie oft, die Bilder?"

„Täglich."

Tagtraum. *Trampolin springen mit dem Port in der Brust. Schokolade und Nintendo. Seine Wangen glänzen und seine Lippen haben die Farbe der Kirschen im Sommer. Ich habe kein Zuhause mehr. Solange Damians Haare ausfallen bin ich eine Obdachlose. Sie fallen in seine Suppe. Sie fallen auf sein Kissen. Sie fallen auf sein Hemd. Solange er es nicht merkt, ist es mein Geheimnis.*

> *Oma sagt:*
>
> *„Hier, nimm das Geschenk. Es ist vielleicht dein letztes Weihnachtsfest."*
>
> *Mamá sagt:*
>
> *„Nimm das Kortison."*

Damian will keine Geschenke, auch keine Tabletten. Er will fressen. Er kaut und mahlt, malmt und knirscht, schluckt und hackt, schlürft und wetzt, kröpft und schlingt. Er frisst alles auf, was ihm zwischen die Finger kommt. Alles.

„Was ist das?!"

Es ist unvermeidlich.

Damians Hände sind voller Haare. Sein Mund ist voller Haare. Seine Zunge ist voller Haare. Papa und Mamá rasieren seinen Kopf. Damian schreit. Verrat! Er ist wütend. Weint und schreit und tritt. Man hat ihn beraubt! Sein Geheimnis hat man ihm, wie Samson, gestohlen. Ich habe keinen kleinen Bruder mehr.

Wochenende. Das leere Sofa. Sich verkriechen. Nicht nur halb, sondern ganz hinein. Vor Papas anklagenden Augen, die sich auf mir festbrennen. Mich verbrennen. Dem Ernst des Lebens von der Schippe springen wollen. Dem Tod einen Strich durch die Rechnung machen wollen. Damians Anker sein wollen. Selbst einen Rettungsring brauchen. Die

Kinderonkologie ist mein Zuhause. Eine Welt außerhalb der Welt. Im Zimmer nebenan ist Lea die Neue auf Station. Lea ist schon 16 Jahre alt. Fast zu alt zum Überleben. Wie groß die Vertrautheit zwischen Fremden sein kann. Der Schmerz macht, dass ein Überheben nicht entsteht. Die akute lymphatische Leukämie erklärt in einem einzigen Augenblick, was man über Soft Skills wissen muss.

Ich sehe Kinder gehen. Und dazwischen immer wieder Diana.

Papa zischt:

„Halt dich fern!"

Wenn eines geht, begreife ich. Ich begreife Dinge, die ich nicht mit Worten ausdrücken kann. Deshalb sammelt sich so viel Schweigen in mir.

Ich träume. Ich öffne meine Faust. In meiner Hand liegt ein Kieselstein. Er wächst, wird größer, immer größer. Unter diesem riesigen Felsbrocken ersticke ich.

Ich habe Angst zu träumen. Meine Träume machen mich zu jemandem, der ich nicht sein will.

Was wäre, wenn seine Erythrozyten im Normbereich lägen? Wie wäre es, wenn ich meine Walnüsse mit ihm teilen dürfte? Was, wenn heute seine letzte Punktion wäre?

Mamá sagt:

„Das wäre das schönste Geschenk auf Erden."

Die Nachbarin sagt:

„Die Hoffnung stirbt zuletzt."

Damian sagt:

„Manchmal haut die Realität der Hoffnung in die Fresse."

Eingeschleust. Schuhe desinfizieren. Schutzkittel. Mundschutz. Es ist wie ein Spaziergang auf dem Mond. Wir marschieren auf, treten zum Besuch ins Zelt. Mamá, Papa, Oma, Opa, Tante, Onkel. Wir ziehen an ihm vorbei. Langsam, wie im Trauerzug.

Mamá sagt:

„Te quiero, cariño."

Papa sagt:

„Der Herr sei seiner Seele gnädig."

Damian sagt:

„Terranauten im Endloslooping."

Damian will nicht essen. Er liegt auf dem Bett und bewegt sich nicht. Liegt den ganzen Tag da. Auch nachts mit abwesenden Augen und leerem Blick. Mit blutwundem Mund starrt er den Mond an. Ihm ist kalt. Er schläft mit Socken. Kein Barfußlaufen mehr durch das feuchte Gras. Kein Baum mehr zum Hinaufklettern. Kein Damian, der mich bei Mamá verpetzt. Ich weine um meine Kindheit. Die Kindheit von uns Zweien, Damian und mir. Und um Diana. Gestern war alles schöner. Das Rauschen des Kirschbaumes. Der Wind in meinem Haar. Und in deiner ausgestreckten Hand die Sonne.

SIEBEN

Abort. Am Ende des langen Flurs lag der Eingriffsraum. Ein Behandlungsstuhl mit Absauggerät, daneben das Ultraschallgerät. Der chirurgische Eingriff, das Absaugen des Embryos nach örtlicher Betäubung, dauere nur eine Minute, sagte die Krankenschwester. Danach könne sie aufstehen und sich in den Ruheraum begeben. Wenn sie wolle, könne sie am gleichen Tag wieder arbeiten gehen.

„Hier, ziehen Sie sich das an", sagte die Schwester und reichte ihr einen Kittel, der vorne lang war und bis zu den Schienbeinen reichte. Hinten war er geöffnet und nur mit einem Knoten im Nacken zusammen gebunden.

„Kommen Sie mit mir."

Die Krankenschwester führte sie in einen hellen Raum. Hier war es kalt. Sehr kalt. Der

Behandlungsstuhl war gepolstert. Mit weißem Papier ausgelegt. Hier würde ihr Kind sterben. Gut gepolstert, aber tot. Sauber, aber tot. Eine ganze Reihe von Mördern, und am Ende der Kette stand sie. Dolores. Warum hatte Eva sich nicht bei ihm entschuldigt und ihm einen Apfel zurückgegeben? Oder zwei? Warum hatte ihm das nicht gereicht? Warum war er so kleinlich? Warum musste er vor Zorn verrückt werden? Jetzt sollte Eva über Leben und Tod entscheiden. Über das Wann und das Wie. Für diese Kreatur war sie der Anfang und das Ende. Der Weg ins Leben oder der in den Tod. Dolores würde das, was in ihr lebendig sein könnte, heraus reißen lassen, ausmerzen, ausräumen, ausrotten, beseitigen, ermorden, hinmetzeln, massakrieren, morden, niedermetzeln, töten, vernichten, vertilgen, zerstören, zugrunde richten, auslöschen, eliminieren, liquidieren, erledigen, fertigmachen, kleinkriegen, niedermachen, ausradieren, killen. Es gab kein Entkommen. Die Zeit dehnte sich aus. Über das Ziffernblatt ihrer Uhr und darüber hinaus. Alle Zeiten standen zu jeder Zeit nebeneinander. Und sie selbst befand sich auf

Stand-by. Von einer Zeit zur nächsten wurde sie sich selbst immer unkenntlicher. Sogar das Undenkbare, das Grausame, unterzog sich der Formalität. *Loli.* Ihr Atem stockte. Wie lieblich war es, Damians Stimme zu hören. Wie schön wäre es, endlich nach Hause kommen zu dürfen.

„Dolores."

Sie konnte nicht.

Tagtraum. *Tag Null. 25 Tabletten schlucken. Ich stoppe die Zeit. Mit Grießbrei und Pudding dauert es 57 Minuten und 34 Sekunden. Nach zwei Wochen kommt eine Schwester ins Zelt.*

„Die Zellen steigen", flüstert sie.

Damian freut sich.

„Wenn die Zellen steigen, sterbe ich nicht."

Solange Diana ihn nicht findet, ist alles gut.

Irgendwann verlässt Damian das Krankenhaus. Ich muss ein neues Zuhause finden. Wir halten ihn von Erde, Pflanzen und Menschen fern. Es dauert zwei, drei, fünf Jahre bis er über den Berg ist. Er verschenkt sein Aquarium an die Onkologie der Kinderklinik. Er macht den Führerschein. Er trainiert seine Muskeln. Er macht einen Nebenjob und Abitur. Studieren will er. Ingenieur, das ist sein Ding.

Lange vor seinem Abitur ziehe ich weg. Ich muss raus. Wohin, weiß ich nicht. Nur weg. Weit weg, dort wo man nicht weiß, wer ich bin. Ich studiere. Damian weint am Telefon. Ich verspreche meinem kleinen Bruder, zu ihm zurück zu kommen. Nach dem Studium finde ich Arbeit und komme nicht zurück. Erst mal nicht, flüstere ich in den Hörer. Später auch nicht. Vielleicht nächstes Jahr. Aus einem Jahr werden sieben, acht, zwölf. Weit weg kennt man mich nicht. Weit weg schmerzt die Sehnsucht nach Damian. Irgendwann fragt er mich nicht mehr, ob ich heimkommen werde. Ich trauere um unsere Leben, die wir nicht miteinander teilen. Darum, dass er mich immer weniger braucht. Keine Nachhilfe mehr in

Englisch. Keine Fragen zu den Biologiehausaufgaben. In Maschinenbau kenne ich mich nicht aus. Ich lerne Alejandro kennen und gewöhne mich an den Schmerz des Vermissens. Manchmal, wenn es ganz still ist, weine ich. Zwischen so viel Stille passen keine Worte.

„Das Beste ist es, sich zu trennen."

„Ich weiß."

„Du hast also keine Einwände?"

Sie verneinte.

„Ich werde schon früher als geplant in die USA fliegen."

„Verstehe."

Alejandro schüttelte ungläubig den Kopf.

„Verstehe? Verstehe? Das ist alles?! Ist das alles, was du mir sagst, nach all den Jahren Beziehung? Wer bist du eigentlich, Dolores?"

Der Schmerz in ihrem Kopf kündigte sich durch ein leises Klopfen an.

„Wer versteckt sich hinter deiner hübschen Fassade?"

Er kam auf sie zu. Er sah bedrohlich aus. Jetzt erst erkannte sie, dass er nächtelang nicht geschlafen haben musste. Die Ringe unter seinen Augen waren dunkel, die Augen rot und geschwollen.

„Ignorierst du mich jetzt auch noch?"

Der Druck schoss ihr mit einer solchen Kraft in den Nacken, dass ihr Atem aussetzte. Sie schrie auf. Unter ihren Füßen schwankte der Boden. Ihr wurde schwarz vor Augen. Sie klammerte sich am Spülbecken fest und drehte den Wasserhahn auf. Er war mit einem Satz bei ihr. Eiskaltes Wasser biss sich in ihre Haut. Sie atmete tief ein. Besser. So ging es besser. Das Pochen in ihrem Kopf nahm ab. Sie stieß ihn von sich. Er ließ sie los, trat zurück. Seine Gesichtszüge drückten Überraschung und Ärger aus.

„Lass mich!" Ihre Stimme überschlug sich.

„Ich träume, Antonia. Im Zwielicht des Morgens verschwimmt die Grenze zwischen den Welten. Während der Wind die Vorhänge aufbläht und das Windspiel aus Treibholz und Glasperlen leise klirrt, spielt eine Orgel. Ich sehe Diana. Sie ist jetzt erwachsen. Eine junge Frau. Schön ist sie, sie strahlt. Sie steht auf einem Weg. Diana wartet auf jemanden. Plötzlich taucht Damian auf. Er geht auf sie zu. Sie umarmen sich herzlich. Sie sind froh. Hand in Hand laufen sie den Weg entlang, bis sie am Horizont verschwinden."

„Hat Damian angerufen?"

„Nein."

„Flieg´ zu ihm."

„Ich bezweifle, dass er mir vergeben wird."

„Kannst du dir vergeben?"

„Wie schließe ich Frieden mit mir selbst?"

„Die Auflösung der Schuld geht nur über ihre Bezahlung."

„Was, wenn sie unbezahlbar ist?"

„*Wenn sie auch blutrot ist, soll sie schneeweiß werden* – das steht doch irgendwo?" Antonia zwinkerte ihr mit einem Lächeln zu.

„Wie wird mein Vater reagieren?"

„Ich bin mir sicher, dass er sich freuen wird, dich zu sehen!"

„Ich fürchte mich."

Antonia sah sie an.

„Leb´ wohl, Dolores."

„Dolores", sagte er trocken, ohne vom Schleifstein auf zusehen.

„Papa." Ihre Stimme zitterte. „Ich bin da."

„Das sehe ich. Setz´ dich."

Er hielt ein Messer unters Licht und studierte die gleichmäßige Schneide.

„Wie geht es dir, Papa?"

„Gut."

„Was machst du da?"

„Ich schleife die Messer."

„Es tut mir leid."

„Was tut dir leid?"

„Dass ich mich so lange nicht gemeldet habe."

„Verstehe."

Es entstand eine Pause. Nur das regelmäßige Schleifgeräusch war zu hören. Sie sah ihren Vater an. Er kam ihr kleiner vor als früher. Nicht mehr ganz so groß. Sein Haar war jetzt fast weiß. Aber an seiner Präsenz hatte sich nichts geändert. Er vereinnahmte immer noch den ganzen Raum. Sie fühlte, wie sie in seiner Nähe kleiner wurde, immer kleiner. Er absorbierte seine Umgebung und alles, was darinnen lebte. Sie spürte, wie der Druck in ihrem Kopf stieg. Sie schluckte. Das Atmen viel ihr schwer. Sie zwang sich, Mut zu fassen. So, wie sie es mit Antonia besprochen hatte. Jetzt saß sie auf der Bank. *Bitte, so wird dir vergeben*, flüsterte es in ihrem Kopf. Schwarze Punkte spielten, verspielten sich vor ihren Augen. Das Schleifgeräusch rückte in die Ferne. Zitternd stellte sie sich auf, stemmte sich gegen das Ziehen in ihrem Kopf.

„Kannst du mir verzeihen?"

„Was verzeihen?"

„Mein ... mein kindliches Verhalten damals."

„Ich weiß nicht, wovon du sprichst."

„Die … die Eifersucht."

„Eifersucht?"

„Diana gegenüber."

„Diana."

„Meine Träume."

„Ich halte nichts von Träumern."

„Vergib mir."

Er hielt in seiner Bewegung inne und drehte sich langsam zu ihr um. Sie erstarrte. Da stand er, groß und mächtig, vor ihr. Und sie war ganz tumb, wie in Watte gepackt, hier, und gleichzeitig weit weg.

„Das, was du kindliches Verhalten nennst, ist ein großes Unheil. Es ist die schlimmste aller Schuld."

„Löschen", stotterte sie. Die Sätze lösten sich auf, verloren ihren Zusammenhang, ihren Sinn.

„Unmöglich zu löschen, unmöglich abzuzahlen."

„Vergeben", so hatte sie es doch geübt, oder? Aber warum?

„ … eine Sünde, die du *nie* tilgen werden kannst."

„Bitte", murmelte sie mechanisch. Wo war sie? Wer war sie? Woher kannte sie diesen Mann?

„*Du* hast sie gestoßen!"

Sie nahm das Messer und stach es ihm ins Herz.